추풍령을 넘으며

추풍령을 넘으며

황명륜 시조시화집

제1부 황악산 단풍

제2부 바람의 빛깔

제3부 갠지스의 일출

제4부 백목련 피는 아침

제5부 봄소식

■ 작가 노트 164

■ 발문

금오산폭포, 45x70cm, 수묵담채

제1부

황악산 단풍

사인암, 70x55cm, 수묵담채

운해, 45x37cm, 수묵담채

황악산

황악산 가을빛은
금관을 쓴 여인이다

모든 것 다 벗어놓고
물길 따라 가는 세월

그 소리 소리를 먹고
끄덕이며 웃는다.

더불어 사는 세상
나홀로 청산(青山)인가

소나무 잔가지에
잠이 든 산새 무리

넉넉한 그대 가슴은
뜨거운 숨결이다.

황악산 단풍

황악산 산등에
밤으로 타오른 불꽃

가지 끝 오른 눈빛
뜨거운 몸짓이다

인생도 황혼에 들면
단풍으로 물이 들고.

산과 산 마주 앉아
화답으로 지새는 밤

긴긴 날 묻어둔 연정
기름 먹은 가슴인가

지난밤 소나기에도
타오르는 저 불길.

감천(甘川)

한세상 사는 법이
냇가에 있습니다

박꽃으로 내려앉은
두루미가 있습니다

번득인 속살을 보며
입맛을 다십니다.

때로는 장승으로
세월을 낚는 모습

강물을 가르는 소리
그 소리를 건져냅니다

오늘을 살아가는 법
감천에 있습니다.

연화지

복날의 햇살도 먹고
달빛도 머금은 연화지

건져 올린 세월 하나
이제 막 눈을 뜬다

애절한 사랑의 눈길
꽃잎이 벌고 있다.

한세상 간직한 사랑
마음이 열리는가

설레이는 가슴 하나
뜨거운 입술이다

칠월의 햇살을 먹고
피어나는 저 연꽃.

우두령(牛頭嶺)

구름 한 점 깔고 앉은
푸른 산 우두령은

세월이 오고 가는 것
모두 잊고 살더라

때로는 바람길 따라
귀 기울이며 살더라.

* 우두령 : 백두대간의 줄기, 김천과 영동 경계에 있음.

고향

어린 날 발자욱 소리
그 소리가 남아 있다.

귀 기울여 앉았으면
옛 흔적의 숨소리

때로는 달빛도 앉아
쉬어 가는 그 길목.

하늘에 천둥을 받고
땅속 지동을 받아도

오늘의 그 산천은
새벽을 열고 있다

긴긴 날 살다 간 사람
그분들이 걷고 있다.

백두산 노을

바람을 감았는가
구름 위를 가고 있다

천지(天池)의 낙조 하나
부서지는 파도 자락

노을도 백두(白頭)에 앉아
화산(火山)으로 솟는다.

조령(鳥嶺)

바위틈 오솔길 따라
문신(紋身)으로 남은 바위

그날의 짚신 자국
닳고 닳은 옛길이 있다

벼슬길 떠나던 사람
그 흔적이 묻었다.

한세상 돌고 돌면
그 사람 그 사연들

모르기는 모르지만
숨결 남겨 두었는가

조령의 새벽 바람에
산길 따라 오른 안개.

가야산에서

홍류동 흐르는 물
그 소리를 듣는다

외롭게 살다 간
산새 소리도 듣는다

깊은 골 감고 온 바람
염화실(拈花室)로 내린다.

가섭의 무언화답
그런 것 아니래도

파아란 하늘 따라 열린 귀
그저 웃을 수밖에

동구에 달 하나 건
이 천지의 법음(法音).

독도

은빛의 비늘을 달고
동해로 가고 싶다

먼 하늘 한 자락이
부서져 내린 자리

당신의 젖가슴 위에
봄이 되어 놀고 싶다.

한탄강

선사의 유물이 숨쉬는
전곡의 그 하늘에

한 줄기 눈물이듯
한탄강이 흐르고

강물에 내린 달빛은
소리 없이 앉아 있다.

태종대

파도에 앉은 바위
바위를 먹는 저 물결

오늘도 청잣빛 하늘
주름살을 담고 있다

때로는 돛대 하나 건
고깃배로 가고 있다.

길고 먼 세월 속
모래알 가슴앓이

노을을 목에다 걸고
솟아오른 파도 자락

그 무슨 사연이 많아
저리 멍이 드는가.

불영(佛影) 계곡

울진의 불영계곡은
장승으로 앉았더라

때로는 등도 굽고
더러는 문도 내어

천만병(千萬兵) 거느린 장수
그 함성의 물굽이.

그 계곡에 몸을 씻고
부처 되어 앉은 바위

바위 보고 절을 하며
소원마저 빌던 세월

한세상 바람결인 것
불영(佛影) 보고 간다고.

갓바위

맥박으로 뛰고 있다
팔공산 흐르는 물

산빛 감은 부처 가슴
숨결도 뜨거운 날

바람이 오고 가는 소리
끄덕이는 갓바위.

긴긴 날 잠 못 이루고
건져 올린 마음 하나

그 홀로 간직한 정
사랑의 속삭임인가

그날의 뜨거운 가슴
보름달로 가고 있다.

계룡산

숲속에 졸던 바람
빗장 열고 나온다

적막한 하루해가
숲길 따라 걷고 있다

한 마리 매미 소리에
천지가 진동인가.

범종으로 울먹이는
무거운 세월 속에

한 자락 바람을 입고
번득이는 산빛 자락

소중히 받아든 생명
햇살들이 살고 있다.

나제통문(羅濟通門)

어느 산 어느 골인들
사연이 없을까만

구천동 고갯길에
먼 옛날 발자국 흔적

한세상 살다 간 사람
숨소리도 들린다.

때로는 산새로 내려
아픔도 떨군 자리

봄이면 철쭉으로
세월을 되돌리며

흰구름 오고 가는 길
가슴 풀고 앉았다.

* 나제통문 : 신라와 백제로 통한 석굴문. 무주구천동 입구에 있다.

운문사 소나무

구름이 오고 가는 것
누구의 뜻일까만

길 잃은 보름달 하나
부처 앞에 앉아 있다

봄가을 세월을 입고
졸고 있는 저 노송.

의상대

내가 앉은 정자에는
수많은 흔적이다

오고 간 사람들의
희열과 애환의 숨결

오늘도 동해 바다에
솟아오른 불기둥.

금강

어머님 젖줄을 물고
눈을 뜬 고향이다

소나기에도 뛰지 않는
선비의 옷자락

그 가슴 가슴속으로
맥락을 이었나니.

자네는 알지 않는가
강물이 흐르는 뜻

그 느린 보법을
익혀 배운 사람

세월도 가라앉힌
그 흐름의 자태.

영월 청령포

강원도 영월에는
강물도 초록이더라

단종의 숨결 멎은
멍든 세월 앉았는지

청령포 휘감은 물이
아직도 푸르더라.

백담사 길

선녀의 속살들이
번득인 계곡 따라

그 눈빛 감고 사는
물소리 바람 소리

속삭임 그 소리를 입고
세월 밖을 거닌다.

한세상 사는 일이
특별한 것 있을까만

동트는 바다 한 잎
구름 따라 가는 하루

그대의 가슴 깊숙이
묻어놓은 불꽃들.

반야사

달도 머물다 가는 곳
암벽이 숨을 쉰다

사계절 바람 소리
구름도 모여든다

한세월 무거운 짐을
벗고 앉은 자리다.

마음도 물에 담그면
살아나는 산천인가

흐르는 물결 위에
화선지를 펼치는 날

번지는 산빛 한 자락
달빛으로 가고 있다.

* 반야사 : 충북 영동에 있는 사찰

직지사에서

구름 한 점 걸고 앉은
푸른 산 푸른 물길

세월이 오고 가는 것
모두 잊고 살고 있다

때로는 바람 소리에
귀 기울여 살더라.

운문사

바람이 가는 대로
물길이 흐르는 대로

그렇게 사는 사람
세월 밖을 걷고 있다

골― 가득 번지는 범음(梵音)
입고 벗는 저 구름.

숲속에 숨겨둔 피리
그 소리 그리운 날

솔매미 울음 따라
돌계단 오르면은

먼 옛날 발자욱 소리
묻어나는 숨결들.

추풍령을 넘으며

추풍령 고개 너머
가던 길 잠시 멈추고

숲속의 발자욱 소리
기침 소리를 듣는다

그 누가
오고 갔는지
먼 옛길의 이 흔적들.

쑥물 같은 세월 속……
그 어느 시인의 숨소리

바위틈
돋아난 풀잎
풀잎 피리 혼자 불며

한세상
살다 간 사람들
발자욱을 듣는다.

폭포, 65x85cm, 수묵담채

제 2 부

바람의 빛깔

선운교, 70x45cm, 수묵담채

하조대, 230x150m, 수묵담채

목어(木魚)

두견새 울 때마다
초월(初月)로 걸린 얼굴

햇살을 쓸어 담아
화주(花酒)로나 빚은 세월

산 밖에 또 산 그림자
그 길 내가 거닌다.

그 무슨 운석(隕石)이라도
보일 듯한 허일(虛日) 속에

십이지(十二支) 오고 가는 길
멍에 하나 들려놓고

학 떠난 빈 가지 끝에
올라앉은 무공적(無孔笛).

바람의 빛깔

세월 속 자리 잡은
바람 빛깔

바람의 문신
내 가슴에 빛깔인가

더러는 꽃샘에 몸살
아픈 흔적도 있다.

숲속 사슴의 눈망울은
바람빛을 보고 있다.

봄 여름 가을 겨울
그 길을 걸으며

거울 속 가라앉은 빛
건져내고 있다.

가을 노래

곱게 물든 단풍 그 잎새
오랜 세월 갈무리했다가

어느 날 한 편의 시에 담아
받아든 하늘인가

종로에서 명동까지
무거운 자욱을 놓는다.

인생 걸어온 목숨
마디마디 지는 잎새

한 개의 나목(裸木)에서
봄을 기다리는 영혼이여

가슴속 잠든 하늘
한 잎 단풍이 떠간다.

생축(生祝)

뽕밭을 가꾸듯 한
내 일상의 발자국

보행기 그런 보법으로
느긋하게 살랍신다

따뜻한 이야기 하나
기다리며 살랍신다.

조그마한 이 가슴도
못 채울 가을빛

그 하늘 깊은 곳에
먹물 풀어놓던 날

황악산 흰 구름 둥둥
잡힐 듯 잡힐 듯 하더라.

옥등

꿈이라도 꾸었는지
감았던 눈 다시 뜬다

곱게 핀 연꽃 하나
연못으로 솟았다

그날의 궁전(宮殿)도 와서
살아난 반딧불.

한목숨 희고 검은 것
검고, 흰 기폭에 앉아

그날의 그 가슴속
심지 걸고 불을 먹여

오늘은 뜨거운 말씀
고운 아침 햇살이여.

장타령

일찍이 가꾸지 못한
이 하늘 박토 위에

푸울풀 날아오르는
지푸라기 군생(群生) 떼

천 갈래 찢어놓은 옷
멀쩡한 날거지여.

한 뿌리 생약(生藥)으로
이승을 다 갈아 먹어도

숨결 고르는 양지 밭
눈빛들이 달려와도

허기진 가슴속에는
보얗게 소금이 인다.

가는 세월 누가 잡나
돛을 올려 가는 길

그 옛날 곤장으로도
못 말릴 이 목줄

이 하늘 한 그루 심상(心傷)
피와 살을 올려라.

에밀레종

서라벌 가슴 한복판
들불로 타던 달이

영지 깊은 물에
아사녀로 고일 때면

이 몸은 불꽃이었고
내 마음 기름이었다.

목숨을 다 바쳐서도
못 미칠 서역 만 리

사랑은 다시 돌아와
밤마다 세월을 감고

그토록 뜨거운 숨결
안으로만 태운다.

아무도 이 가슴일랑
건드리지 말아다오

눈 감아 천 년 한 목숨
홀몸으로 가눴거니

그 정을 구천에 쏟아
울먹울먹 가고 있다.

창문을 바르며

마알간 창문으로
국화잎을 건네준다

눈 익은 고향 길섶
가슴 깊이 앉혀둔 곳

그 푸른 유액의 하늘
목화(木花)로 피웠다.

이제는 한 톨의
마음도 익어가는 뜰

누나야! 우리 모두
옷깃을 여미자꾸나

뜨락에 봄을 기다리며
소롯이 잠들자꾸나.

호롱불

싸리나무 울타리에
고추잠자리

덩그런 시월 상천(上天)
하루해를 등에 업고

우윳빛 고운 살결에
반딧불로 날고 있다.

젊은 날 웃음으로
살짝 접는 주름살.

그 무슨 멀미기에
가슴속도 비우는가

오늘은 다독인 마음
돛을 달고 떠 있다.

청산

묻어둔 솔씨 하나
청산으로 눈을 뜨고

내 고향 그 동구(洞口)쯤
펼쳐놓은 수묵화

한세월 묵묵히 앉아
인적이나 헤아렸다.

일출

낙산사 관음대불
그 가슴 불길이다

불길이 닿는 곳마다
천둥으로 깨어난다

하나의 비늘을 달고
번득이는 동해여.

한세월 그 깊숙이
빚어둔 마음인가

석류알 단물 쏟듯
중생을 굽어보며

청자의 숨결을 감아
연잎으로 떠 있다.

기상(氣像)

구겨진 옷을 스치고
바람이 간다

땅에 떨어진 침방울
그놈도 가랑잎에 올라
호록호록 불꽃으로 간다.

호록호록
천추(千秋)로 다독여온 바람
얼굴에 주름살을 할퀴고

허기진 가슴을 뚫고
마지막 속옷마저 걷어가 버린
아! 밉상이여

불빛도 가버린 거리
정전의 아우성.

풍악(楓嶽)

불칼과 천둥으로
해와 달 때려 부수고

서역(西域)에 숨어 있는
육조(六祖)쯤도 때려 부수고

수미산 그것도 부술
일봉(一棒)을 보아라.

천지(天地)가 뒤집혀진
그런 일 말고라도

이 세상 다 털어먹은
도둑의 웃음소리

그런 칼 하나쯤 가진
대도(大盜)를 보아라.

허공(虛空)

열일곱 되는 나이
그 고운 손짓으로

파아란 하늘 깊이
나비 한 마리 떴다

어디로 가고 있는가
황금(黃金) 같은 저 깃털.

발길 가는 대로
가다 머무는 대로

출렁이는 강물 따라
잠시 머문 이승인데

한세상 사는 것마저
어룽으로 물이 든다.

아무도 가질 수 없는 땅
그 땅 위에 놓인 자욱

내게 온 상심들을
깎고 깎아내는

그 어느 악토(惡土)의 내음
허심(虛心)한 뜨락이여.

태평소

나이도 한번 먹으면
백 살쯤은 되어야 한다

그래야 세상 사는 맛
더러는 알 듯도 하고

때로는 태평소도 불어
신명도 돋는 듯싶다.

날라리 날라리
날라날라 날라리

디따디따
디디디 디디딧 딧디

한평생 불어보아도
다 못 다스릴 가슴앓이

오늘도 가쁜 숨결로
낮달 하나 가고 있다.

산촌

산촌 그 은빛 노을
피리 잡던 아이들

생각마다 떠올리는
가난도 정이었다

그 하늘 고개마다에
피어나는 무지개.

그날의 숲속에는
발자욱만 걸려 있고

긴긴 날 서러운 밤
쑥이 되어 앉았더라

할머님 생전에 모습
자욱한 골안개.

춘보(春譜)

기침 소리를 듣는다
눈부신 아침 햇살

감천(甘川)이 풀리면은
고향길도 열리던가

밤 새며 마신 술기운
가슴이 따갑다.

목멘 송아지 울음
산골 마을이 보인다

옥문(獄門)으로 앉은 세월
사립문도 열어놓고

벗고 간 그날의 옷을

다시 감고 서 있다.

들고 나던 저 강물
강물 따라 가는 길

마음속에 비워둔 땅
보랏빛 흥건함이여

낯익은 하늘 한 자락
꽃잎을 놓고 있다.

당신이 오는 길목에서
귀를 기울인다

맥박은 지축이 울고

바람 소리 가슴이 뛴다

소년의 볼샘 같은 너
눈부신 한 자락 햇살.

무색계(無色界)

수천 년 묵은 구렁이
피리를 분다

저승으로 못 간 몽달귀
인간으로 둔갑하는 소리

당신은 아는지 몰라
구멍 없는 피리 소리.

자축인묘진사오미(子丑寅卯辰巳午未)
아무리 짚어보아도

알 수 없는 인간세계
구멍 없는 피리 소리

어디로 또 떠나야 할
행운의 편지 그런 것.

소리와 바람

소리는 소리로 오고
바람은 바람으로 간다

그날의 그 함성들
기억하는지 몰라

오늘도 금강산 한 폭
마음으로 그린다.

너와 나 손잡고 갈
그날이 올 듯도 싶어

때로는 아픈 가슴
창문을 열기도 한다

피맺힌 가슴 하나도
못 지울 이 아침

　　　　　　　　— 광복절 아침에

조각달

남겨둔 까치밥 하나
애처로운 밤하늘

이제는 더 갈 곳 없는
막다른 골목인가

지난밤 비바람에
빈 가지 떨고 있다.

숨결을 몰아쉬며
떠나는 까치 소리

간직한 뽕잎 하나
갉아 먹는 누에 떼

앙상한 가지 끝으로
세월을 파낸다

회상(回想)

옛날의 신문지는
담배도 말아 피웠다

더러는 화장실에
낙엽처럼 걸리었다

오늘을 살아가면서
그날들을 생각한다.

산 자는 도망을 가고
죽은 자만 남아 있던

그때 그 봉초 말이
그마저 떠나간 자리

신문의 구석구석에
어지러운 형광의 등

윤회

내 뜨거운 사랑으로
눈 뜨고 꽃 피운 가지

그 나무 가지 끝마다
달빛 하나 걸어놓고

때로는 눈 감은 산새
세월 밖을 보고 있네.

긴긴 날 숨죽이며
꽃가루도 날리더니

오늘은 그 하늘 속에
흰머리를 날리는가

여보게 봄이 또 오네
저 흥건한 햇살.

그 옛날 숨결들이
오고 간 흔적
저 용솟음

목숨이 다하는 날에도
태양은 다시 뜨고

강산이 열리는 소리
가슴이 뜨거워라.

문경새재

바람에 노는 구름
오늘도 가고 있다

바위틈 돋아난 풀잎
그 소리 먹고 있다

새재의 고갯길에서
솟아나는 저 샘물.

물소리 감고 앉은
산빛 또한 그날인데

뚝뚝 떨어진 낙엽
부리로 찍어낸 자욱

그 내음 깊은 숲속을
묵객(墨客)이 걸었는가.

받아든 생명 하나
곱게 접어 간직하며

문간으로 넘나들던
숨결이 고여 있다

입고 벗는 바위 옷에서
묻어나는 흔적들.

수석(水石)

비류직하 삼천장(飛流直下三千丈)
그 폭음이 아니래도

궁글러 부딪치고
씻기며 달구어진

묵묵한 너 그 목소리
아는 이는 아느니라

폭포

풀벌레 울음 사이
한 방울 이슬이던 너

돌 틈을 돌고 돌아
폭포로 내려오던 날

그 소리 깊은 사연을
듣는 이는 들으리라.

한 생명 태어나서
살아가는 길을 열고

때로는 웃고 웃는
그날의 행적을 담아

쏟아진 맥박 소리에
끄덕이는 미소여.

강변을 걸으며

흰머리 다독이며
옛 생각 더듬는다

벚꽃이 지는 날에
대문도 열어놓고

옛 친구 떠난 자리에
나 홀로 앉았다.

때로는 강둑에 올라
물길 따라 가는 하루

한세상 속사정을
강물에 띄워놓고

바람이 부는 길 따라
떠나가는 돛배여.

산길 1

한세상 사는 법을
산길에서 만난다

돌계단 층층에서
묻어나는 인고의 흔적

오늘은 산빛 한 자락
가슴속에 담는다.

나무에 앉은 까치
다 파 먹은 낮달 하나

그도 나를 따라
머리 위에 앉았다

걸어온 발자욱 속에
울먹이다 잠든 하늘.

산길 2

한 세월 다 보내고 나면
또 한 세월 문을 연다

신록의 창에 서면
가얏고로 선 고르고

먼 산의 아지랑이가
천지를 불러 모은다.

내장산 곱던 단풍
가슴도 물 들이던 빛

다 가져간 저 산천
그 바람을 보았는가?

한세상 살아가는 길
산길 따라 나선다.

까치집

동구(洞口)길 나뭇가지
반달 같은 까치집

제 털 뽑아 튼 둥지
둥지 앉은 세월인가

오늘은 시장길에서
감귤 몇 개를 사 든다.

백자

달빛도 숨이 차서
몸을 풀고 앉은 자리

문득 잠을 깬 하늘
꽃잎이 벌고 있다.

눈길도 고이 드리고픈
그 숨결 속잎 이랑.

기다림

오후의 명동 거리
그곳에서 찾는 사람

황사나 모래알보다
작은 빛을 찾는다

내일은 비가 오려나
고추밭의 숨결들.

목마른 유월의 오후
들판도 풀이 죽고

새 생명 씨앗마저
두 눈을 감았다.

내륙의 긴 숨소리도
가슴에 와 안긴다.

산책길 1

들국화 향기 따라
꽃길을 가고 있다

한세상 가는 길이
이 길이면 좋겠구나

밤낮의 무거운 생각
그 짐도 내려놓고.

가벼운 발걸음으로
굽은 길을 가고 있다.

한평생 사는 일도
마음먹기 달렸던가

이 하늘 뜨거운 가슴
동해 바다 열린다.

산책길 2

꽃잎 사이 걸어가면
따뜻한 목소리고

초록의 숲속에는
뜨거운 가슴이다

낙엽을 주워 들으면
외로운 나그네.

호수에 앉아

호수에 일렁이는 물결
보름달 하나 떠 있다

흰 구름 비늘 달고
번득이며 놀고 있다

산속의 작은 샘물로
꿈을 먹고 살았다.

허공에 오고 가는 구름
누구의 뜻일까만

한세월 살아온 길
우리들 마음속에는

못다 푼 사연들이
둥지 틀고 앉아 있다.

화실에서

바위가 바위를 업고
산이 산을 업은

금강산 만물상이
내 가슴 길이던가

오늘은 화폭 한 장에
너를 따라 나선다.

회상
― 여류시인 이영도 님을 생각하며

황악산 산빛이 좋아
철새로 다녀갔다

시 한 수 생각하며
한세상 살던 사람

소나무 한 그루 심은
연못으로 앉았다.

아래위 고운 한복
선녀 되어 걸었나니

때로는 궂은 하늘
손으로 가리우고

한 시절 살다 간 사람
연못 속의 꽃이더라.

그림을 그리는 날

추풍령 넘는 바람
가쁜 숨결 노을 자락

세월도 파도인가
풍악(楓嶽)으로 잠든 하루

그 산을 등에 업고서
묵정밭을 일군다.

시정(市井)의 발길 같은
한생의 그 몸짓들

물소리 바람 소리
날빛 하나 귀 기울여

한 폭의 산수로 담아
숨소리를 듣는다.

삼산(三山)을 붓으로 삼아

직지 감천이 마를 때까지
뜨거운 가슴 가슴의 불길

하나의 생명을 받아들기까지
신접을 차리기까지
뜨거운 눈길이어라

이제 우리의 눈은
그대의 작은 심장에
귀를 기울인다.

성화처럼 타오를
그대의 기상에
박수를 보낸다.

삼산을 붓으로 삼아

직지 감천이 마를 때까지

김천과 금릉 땅
모든 소망을 담고

용솟음치는 하늘
그러한 불길이길.

* 삼산(三山) : 김천을 둘러싸고 있는 세 산, 황악산, 금오산, 대덕산

— 김천신문 창간 축시(1990.2.1)

사월 초파일

사월 팔일 온누리가 불길이다
그 불길 불이 아닌
무명(無明)을 밝히는 심등(心燈)
우리들 가슴에 담아
덩그렇게 밝혀라.

한 생을 다해야 백 년
그 몇 생을 오고 가며
길목마다 피는 연꽃
환한 미소 불심이여
어둡고 그늘 진 땅에
고루고루 비쳐라.

중생이 있는 곳에
부처가 따라 있고

부처가 있는 곳에
무명 또한 없나니
어둠이 다할 때까지
불길 활활 타거라.

죽로다창(竹露茶窓)

솔가지 부는 바람
다완(茶盌)에 앉은 춘색(春色)

귀를 열면 신라 천년
범종으로 달려온다

그 봄날 새로 펴든 손
해와 달을 건 궁전.

돌장승 묵상(默想)을 넘어
미업(迷業)을 모두 딛고 나서

오늘은 염정(染淨)도 다 벗고
법좌(法座)에 오른 동불(童佛)

청산도 불러 앉히고
백운(白雲)도 날린다.

* 다완(茶盌) : 가루로 된 차를 마실 때 사용하는 사발

작설차

희지도 푸르지도 못한
촘촘히 흘러내린 유액

맑은 물 고향길에
정자로 앉았다가

푸드득 깃을 펼치고
장천(長天)으로 갑니다.

긴 세월 가슴 앓고
칭얼대던 솔바람

한 목숨 목이 마를 때
천둥이 울어도 좋다

작설차 은은한 내음
천둥이 울어도 좋다.

다도(茶道)

숨결도 몰아쉬며
등 굽어 살아온 나날

햇살도 서리를 맞아
토해온 울음 자락

등걸에 앉은 세월은
향기마저 돋더라.

담담(淡淡)한 그 눈빛을
뉘라서 알까마는

오늘은 해와 달이
백금(白金)으로 앉은 뜨락

미진도 다 벗어버린
그 정토의 동불(童佛)이여.

차(茶)를 마시며

세월을 다독이며
불씨로 남긴 목숨

설한(雪寒)의 가지 끝에
마주친 눈빛인가

긴긴 날 물레로 감은
매화 향기 듣는다.

하조대, 30x150cm, 수묵담채

제 3 부

갠지스의 일출

화산, 45x37cm, 수묵담채

상선암, 125x75cm, 수묵담채

울란바토르 근교에서

외로움 그 멍이 든
파아란 장미꽃이

황량한 들판에 앉아
내 모습을 훔쳐본다

아무도 오는 이 없는
초원의 작은 눈빛

어릴 적 뒷마당에 핀
수줍은 그 모습들

어렴풋한 내 기억을 따라
고비사막을 넘었구나

오늘은 새끼 양처럼
내 가슴을 파고든다.

타지마할

무굴국 꽃잎들이
내려앉은 타지마할

사랑의 불길인가
마지막 저 꽃상여

발길이 닿는 곳마다
향기가 묻었다.

긴긴 날 잠 못 이룬
징소리 울음으로

그날의 그 사람들
환생하여 앉은 자리

칠보(七寶)로 다듬은 기둥
묻어나는 핏자욱.

* 타지마할 : 인도 무굴제국의 황제였던 샤자한이 왕비 뭄타즈마할을
추모하며 건축한 무덤. 많은 인부가 동원되었으며 재현 방지를 위해
석공들의 손을 자름.

왓아룬 사원(寺院)

늙은 고양이와 개
부처와 사람이 사는

사원의 뜨락에는
강물도 넘나든다

그들의 가슴속에는
쪽배 하나 떠 있다.

이방인을 보는 눈도
목불(木佛) 되어 앉았는가

슬픔도 성냄도 없는
태평한 아침 사원

소나기 몰고 올 바람
낮잠을 깨운다.

왓아룬 사원의 밤풍경

온통 꽃잎이다
불붙는 바람이다

꽃잎에 앉은 이슬
저마다 보석이다

지상의 그 모든 축제
야시장이 열렸더라.

목숨이 머물다 간 흔적
내려앉은 영혼들······

누구의 가슴에서
무지개를 피웠는가

때로는 신(神)보다 위대한
창조를 하더라

화산(華山)

화산에 오르면
천지가 발밑 구름

한세상 생로병사
그것마저 벗어 들고

달빛을 먹은 바위가
신선으로 살고 있다

* 화산(華山) : 중국 서안에 있는 산. 무림 화산파의 본산.

갠지스에 앉아

구름 한 점 내려앉아
물결 속을 가고 있다

때로는 송사리처럼
번득이며 살고 있다

가슴에 묻고 온 세월
녹아내린 갠지스.

저 물결 끝없는 세월
그 소리를 들었는가

한세상 모든 것 벗고
알몸으로 살랍신다

오늘도 한 점의 구름
강물 따라 가고 있다.

갠지스의 일출

한세상 사는 것은
목메인 외침이다.

구도의 가쁜 숨결
그 짐을 부리는 날

그들은 장작 몇 개 위
곱게 누워 재가 된다.

이 세상 올 때 모습
그대로 살던 사람

마지막 가는 길도
그 모습 그대론가……

갠지스 흐르는 강물
화약 먹은 저 불빛.

갠지스강

히말라야 가두어둔
세월이 무거운가

세월 먹은 갠지스강
멈춘 듯 흘러가고

일출과 저녁노을은
황홀한 불꽃놀이.

몇 개의 장작으로
이승을 접는 사람

오늘도 뜨거운 향불
강물에 앉았는가

길가에 졸던 하루가
향불에 타고 있다.

네팔에서

혜초가 다녀간 길
그 길을 따라 왔더니

그날의 모습으로
정지된 카트만두

이승과 저승 오가며
신전(神殿) 앞에 서 있다

살아 있는 여신과
에로틱한 신상(神像)을 보며

히말라야 설인(雪人)을 찾아
문을 연 생존의 하루

오늘도 화장터에는

장미꽃이 피었더라

그들이 가고 있는 길
신들만이 아는가.

* 카트만두 : 네팔의 수도

노르웨이 빙하

다둑인 가슴앓이
주저앉은 태초의 숨결

그 무슨 사연이 있어
초록으로 물이 들고

그대가 떠나는 자리
장승으로 서 있다.

목숨을 지키는 날까지
꿈도 묻고 있으련만

석류알 쏟아내듯
부서지는 저 소리, 소리

오늘도 폭포에 앉은
숨결들이 가쁘다.

세월이 오고 가는 거
그렇다 치더라도

긴긴 날 갈무린 목숨
고동으로 울고 있다

못 볼 것 보는 것이지
저 초롱한 눈빛.

바이칼 호수 1

1

자작나무 숲을 입고
숨어 살던 바다 한 장

하늘이 우리에게 준
마지막 선물인가

퍼득이는 저 비늘 하나
거대한 몸짓이다.

2

두레박 올린 물맛
이가 시려 움츠리다

인생사 한 점 구름
서글픔도 띄워놓고

태초의 조상의 숨결
그 소리도 듣는다.

　　3

때로는 동(東)녘으로
더러는 서(西)녘으로

물길 따라 흘러간
이름 모를 혼백인가

딛고 선 바이칼 호수
검푸른 파도 자락.

바이칼 호수 2

자작나무 숲속에
숨어든 세월 먹고

내려앉은 세월 하나
은하로 살고 있다

강물도 비늘을 달아
번득이는 눈망울

나이아가라 폭포

한세상 살다 보면
더러는 미치는가

밤새워 마신 주기(酒氣)
풀어헤친 머리카락

벼락 맞은 물기둥이
가슴으로 쏟아진다.

고비사막에서

풀 한 포기 자랄 수 없는
사막의 한복판에서

내 어릴 적 석류알 같은
그 모습이 솟았다

사랑이 없는 곳에도
무지개는 뜨고 있다.

고비사막 열차

고비사막 노을이 진다
온통 무지갯빛

가도 끝이 없는 평원
무슨 조화야

울란바토르 인심만큼은
산양(山羊)을 닮았는데

내 가슴에 묻어준
새끼 양(羊)의 그 울음

그 소리 다 못 듣고 가는
나그네……

저 노을.

간등 사원

주황색 법의(法衣)를 두른
노승의 작은 미소

나지막한 간등 사원
호롱불 같은 동승(童僧)을 본다

향엽(香葉)을 나누어주는
그 작은 비원(悲願)의 손.

만칠사 불탄 자리
그 허허(虛虛)한 가슴속에

향엽을 가슴에 담고
고비사막을 넘는다

라마승 염불 소리가

나를 따라 나선다

* 간등 사원 : 몽골 울란바토르에 있는 라마 사원.

갠지스 풍경

신(神)굿으로 열어놓은
일출의 갠지스강

밤샘 산고의 아픔
첫 울음의 자리인가

생과 사 하나인 것을
무언(無言)으로 전한다.

견공(犬公)도 두 눈을 감고
화두(話頭)를 들었는가

오늘도 해탈의 길
그들은 밟아 가고

화장장 타는 영혼들
강물 되어 흐른다.

태종대, 65x120cm, 수묵담채

제 4 부

백목련 피는 아침

무을계곡, 125x75cm, 수묵담채

매화산, 230x150cm, 수묵담채

백목련 피는 아침

산도 강을 건널 듯이
강도 산을 넘을 듯이

설레임 님이고저
잠든 땅을 깨워 업고

다둑여 펼친 그 하늘
숨소리가 뜨겁다.

청사(青史)의 눈길이다
눈빛마다 불이 들고

부드러운 그 몸짓
거울 앞에 조아리며

님에게 보이고저
단장하는 그 정성.

백목련

백목련 가지마다
등불 들고 납신다

전생에도 그랬거니
다시 걷는 이승길

명부(冥府)를 오르내리며
연등 하나 밝혔다.

매향(梅香)

초승달 작은 얼굴
지그시 감은 눈썹

무자(無字)로 달구던 가슴
가부좌로 오신 자리

긴긴 날 날세운 바람
코끝이 아립니다.

그 누가 깨울까마는
깃을 펴든 산새 한 마리

미명(未明)의 창문 속을
부리로 찍었는가

잠이 든 청동(靑銅)도 울려
허물 벗는 범궁(梵宮)이여.

꽃동네

어릴 적 우리 동네는
온 마을 꽃이었네

꽃씨 뿌려 가꾼 길에
일월(日月) 환히 걸어두고

가신 님 오실 듯싶어
기다리며 살았네.

어릴 적 우리 마을에는
세월 가득 얹은 둥지

인정도 나눠 쓰면
샘물로 솟았거니

．

쑥국이 뜨거운 울음
앞뒷산에 묻어 왔네.

어릴 적 우리 동네에는
신랑 각시 잔칫날

청홍으로 엮은 매듭
마디마디 꿈이었네

온 동네 두레를 잡아
신이 오른 꽃 무등.

난초를 그리다가

떠도는 구름으로
마음이나 달래다가

낯익은 동심 하나
감아쥐고 다시 앉아

그 얼굴 곱게 빗질한
꽃잎 하나 가꾼다.

천년 벽 현기(眩氣)를 딛고 나온
어느 고궁에 칠보단청

유언도 없이 떠난 낙엽
그 윤광(輪光)이 내리고

벗어둔 허물 한 자락
꽃잎에 숨어 있다.

또다시 귀에 저리는
저 칠칠한 먹뻐구기

벌써 몇 번째
옷을 갈아입었던가

가슴속 젖어 든 청산
눈빛으로 든다.

향수해(香水海)

해와 달 가고 난 다음
모여든 불빛을 본다.

거꾸로 매달린
호박꽃도 보인다.

잔잔한 그들의 숨결
뜨거운 가슴이다.

깃을 치며 오른 자리
바위틈에 달린 이슬

그 작은 미소 하나
보는 이는 보리라

한세상 더듬어 와서

산화하는 불꽃들.

* 향수해(香水海) : 수미산(須彌山)을 감싸고 있는 바다

월유봉 철쭉

오솔길 휘파람 불며
휘파람 불며 가는

깃마저 잿빛인 날을
화약 묻고 달렸지요

가슴속 그리움 하나
아직은 미명의 뜰.

보궁으로 눈뜬 자리
잠 못 이룬 상사초(想思草)

조교(鳥橋)마저 접은 생을
가슴으로 감으며

월유봉 달빛에 앉아
홀로 지는 꽃입니다.

개화(開花)

울지도 다 못할 울음
또 울려고 왔습니다.

강물도 피에 올려
덩실덩실 살 오르며

보랏빛 하늘 하나가
선혈로 내린다.

구름도 가고 난 자리
걸어둔 허물 자락

적막한 하룻길
한 개의 과녁인가

시위로 먹인 하늘빛
울먹울먹 진달래.

낙화(落花)

무슨 말을 할까요
지레 벙근 꽃잎 하나

그 옷깃 구름이자
구름 또한 꽃잎인걸

입었다 벗는 그 속살
두 눈을 감을 수밖에.

등 돌린 산정(山頂)들도
자욱자국 다가와

불빛 하나 가두어두고
가슴 풀며 수런댄다

또 하나 일월(日月)의 품속
돌아앉은 그림자.

묵란(墨蘭) 1

담향(淡香)으로 가라앉힌
일월(日月)의 그 영역

기원(祈願)의 몸짓이듯
고이 앉으신 모습

눈 뜨면 아침 햇살로
번지는 저 소리.

어느 땅 어느 골에서
살다 온 숨결인가

가는 선 줄기를 타고
올라앉은 꽃 하나

때맞춰 찾아온 봄날
아지랑이 놉니다.

묵란(墨蘭) 2

어릴 적 우리 가슴에
번쩍이던 북두칠성

그 별빛 가라앉은
샘물로 먹을 갈아

한 폭의 난초를 치고
밝은 꽃눈을 놓는다.

영롱한 별빛으로
난꽃은 눈을 뜨고

수묵의 그 깊은 하늘
숨결들이 모여들어

한 장의 백지 위에서
묵향(墨香) 그윽 들린다.

난꽃

한세상 걸어온 자욱
숨결도 묻어 있다.

장밋빛 노을을 먹고
잠이 든 나날들이

오늘은 이슬로 맺혀
반짝이는 눈망울.

뜨거운 햇살을 담아
펼쳐놓은 뜨락인가

그 깊은 가슴속을
몸짓으로 말하는 날

그대의 향기를 들으며
떨림의 소리를 먹는다.

난 꽃

뜨거운
햇살 넘어
펼쳐 놓은
안택인가

그 깊은
가슴 속을
몸짓으로
말하는 날

그대의
향기를 흩들으며
떨림의
소리를 먹는다

黃梅花

벚꽃 아래서

떨리는 손끝 마디
봄날이 앉아 있다

다둑인 가슴속에
묻어둔 불씨 하나

오늘은 세상 밖으로
입고 나선 면사포.

세월의 가는 길이
구름이라 하였던가

산에 앉아 졸던 구름
길을 열고 나선 자리

그대의 수줍은 얼굴
불을 질러놓았다.

진달래

오고 간 햇살들을
한 몸에 간직한

북악(北岳) 그 중턱에서
잔설(殘雪) 길을 돌아본다.

마주친 그대 눈빛
물이 든 이 가슴.

입술과 입술이 닿아
화약으로 타는 숨결

긴긴 날 끓어 오른
불기둥을 보시게

다홍빛 묻어둔 가슴
빗장 열고 나선다.

한라산 개미등 철쭉

접동새 흘린 눈물
흥건한 아침 햇살

입술과 입술이 닿아
선혈(鮮血)의 사태다

그 강물 돌아든 산빛
옥문(獄門)도 열렸다.

평생을 넘나들며
님으로 두고 온 숨결

한라 그 중턱쯤 올라
잔설(殘雪)길을 돌아본다

송천(松泉)에 앉은 주기(酒氣)가
만산(滿山)으로 솟는다.

뜨거운 네 가슴과
이 가슴이 엉킨 자리

한 줌의 화약을 질러
불붙은 목숨이여

보랏빛 하늘을 타고
산산이 떠나는 나비 떼.

김룡사 벚꽃

문경 땅 첩첩 산길
수석 따라 돌아들면

불이 붙어 타는 하늘
김룡사(金龍寺)가 있습니다

벚꽃이 지는 날에는
눈물이 납니다.

세월의 반닫이를
그가 열고 닫았는가

하마 봄은 산을 빠져
신선으로 가고 있다

벗어둔 세월 한 자락
다시 입어봅니다.

들국화

옛 마을 동구 밖에
들국화가 앉았다

하이얀 무서리 밭
새벽을 달리던 곳

그 길을 다시 돌아와
동심 하나 건집니다.

그 어느 가슴인들
꽃이 없이 살까마는

순수한 그 눈빛으로
사랑하는 이 가을

아무도 열지 못한 하늘
일월(日月)의 등불이여.

황간춘경, 45x70cm, 수묵담채

제 5 부

봄소식

월류봉춘경, 70x55cm, 수묵담채

소나무, 70x46cm, 수묵담채

영천에 가던 날

내 어릴 적 영천에는
콩도 팔고 산다 했다.

그런저런 이야기도
세월 따라 사라진 땅

막내아들 두 손을 잡고
그 땅을 찾아갔다.

긴긴 날 힘든 세월
그 세월 다 벗고 나니

오늘은 사관생도
새 길을 걷는단다.

한 번은 입어야 할 옷
무거운 옷이란다.

— 아들의 3사관학교 입교에 부쳐

돌계단

황악산 바람 소리
가슴에 담고 살았다.

그 산길 디딤돌
계단을 올라가며

건장한 아들의 모습
철인이길 생각했다.

세상에 태어나서
걸음마 한 자욱부터

오늘이 있기까지는
황악산 숨결도 담겼다.

이제는 그 산 감싸는
봄빛이길 바란다.

사진을 보며

삼월의 바람은
봄을 이끌고 온다.

아들의 넉넉한 모습
봄날보다 곱더라

오늘은 그 모습 그리워
사진 한 장 들었다.

가까이 들릴 듯한
목소리도 보고 있다

사관생 그 모습이
생소한 날들이지만

든든한 걸음걸이로
내 앞에 오고 있다.

정상에 오르는 날

힘이 든 산길이지만
정상에 오르고 나면

그 앞에 푸른 하늘
가슴이 열리더라

세상을 살아가는 길
그 길도 있더라.

우리의 조상들은
고생을 산다 했다

오늘은 그 산길을
너 홀로 걷고 있다.

그 길을 다 가고 나면
넓은 세상 보인다.

      — 유격훈련에 나선 아들을 생각하며

봄소식

사막의 그곳에도
사람이 살아간다

억새풀 사이로
흐르는 물길 따라

인고의 세월을 안고
주름살을 먹고 있다.

오늘의 가쁜 숨결
갑옷도 벗고 나면

뜨거운 가슴속에
푸른 하늘 열린단다

지나온 발자국마다
솟아나는 봄소식

동해

동해의 아침 바다
솟아나는 태양에도

우리의 세상살이는
심 봉사 지팡이다

더듬어 살아가는 길
때로는 비틀거린다.

한평생 가꾸는 땅
그 땅이 조국이고

너와 나 씨앗 뿌려
봄날을 기다리자

저 동해 밝은 아침의
불길로 살아가자.

유격 훈련

걸어가며 잠을 잔다는
그 모습을 생각한다

더듬어 가는 발자국
그 소리도 듣는다.

조상이 살아온 땅
그 길을 걷고 있다.

추풍령을 넘나들며 항상 마주 대하는 산이 황악산이다. 기교가 없는 평범한 산이면서도 가을이면 가장 먼저 단풍이 내리고 겨울이면 눈이 제일 먼저 쌓여 무심코 살아가던 나로서는 이 산을 통해 계절을 읽을 수 있어 좋고, 새소리 바람 소리 물소리를 들을 수 있어 좋다.

인생에 있어서도 세월을 속일 수 없는 것이 어찌 계절뿐이겠는가? 세상만사에 모든 감각이 둔해지고 말수도 주는 것이 비단 나쁜만은 아닐 것이다. 스스로 세월을 잊고 사는 것이 한심스러울 때도 있다.

얼마 전 우연히 TV에서 10억짜리 승용차를 1천만 원짜리 승용차가 흠집 내는 바람에 천만 원이 몽땅 들어가도 수리비가 안 된다는 뉴스를 보았다. 그만큼 사회 빈부의 격차가 심한 이 땅에 정상적인 감각으로 살아가기가 그리 쉽지는 않을 것이다.

갠지스 강변에서 노숙을 하며 장작 몇 개비(화장용)를 마련하기 위해 손을 벌리는 인도인, 가진 것 없이 맨발로 자연의 한 부분이 되어 살아가는 사람을 생각하면 우리는 너무 많은 것들을 소유하고 있다.

결국 인생은 모든 것을 버린다.

단풍의 화려함도 마지막 몸짓이다. 갠지스에는 재산을 사회에 내놓고 마지막 고행을 하며 죽음을 기다리는 사람들도 있다. 그들을 생각하며 황악산 단풍의 의미를 새겨보게 된다.

평범한 산이면서도 아름답고 편안한 곳이 황악산이며 나에게는 가장 가까이 있는 산이다.

시와 그림 속에 피어나는 세월의 향기

우한용 | 소설가, 서울대 명예교수

1. 심부름의 인연

나란 사람은 태생이 나를 내세우는 데 낯설어서, 스스로 우 공이라 하길 잘한다.

우공이 황명륜 시인의 시집에다가 글을 쓰게 된 데는 각별 한 연유가 있다. 우공은 오래 걸려 완성한 장편소설 원고를 출판사에 넘겼다. 초교가 나올 때를 대어 출판사에 가서 점심 을 내기로 했다. 그때 우공의 외우(畏友)인 석영(昔影) 박인기 교수가 동행하기로 했다. 석영은 출판사에 들러서 할 일이 있 다는 것이었다.

김천이 고향이고, 고향 사랑이 그윽한 석영이 우공에게 연 락을 해왔다. 공교롭게 예정에 없던 일정이 갑자기 생겨 김천 에 내려가야 한다는 것이다. 석영의 김천 일정이 출판사를 방

문하기로 한 그날로 잡혀 불가피하게 출판사에는 우공 혼자 가야 한다는 것이었다. 그러면서 다른 날을 잡으면 안 되겠는 가 물었다. 우공은 다른 일정이 복잡하게 얽힌 터라, 가벼운 마음으로 혼자 다녀오마 했다.

"그러면 우공이 내 일 하나 대신해주소."

석영이 전하는 내용은 대강 이런 것이었다. 아마 당신은 잘 모를 것인데 김천문협 회장으로 김천문협을 이끌기도 했고, 예총회장으로 일한 적도 있는, 시인이며 화가인 분이 있는데, 그분 원고를 가지고 가서 출판이 추진될 수 있도록 출판사와 협의를 해달라는 것이었다. 그리고는 시인으로부터 받았다는 원고를 메일로 보내주었다. 신작 시집 한 권 분량의 원고와 이전에 출간한 시집 두 권의 원고가 함께 첨부되어 있었다.

이력을 보니 평생 작업해온 시작품을 정리하는 듯한 느낌 이 있어 약간 숙연해졌다. 어떤 시인이든지, 아니 누구라도 평생 작업을 정리하는 일이 가벼울 수 없는 터. 신작 시집 원 고 앞에는 근사한 동양화 한 폭이 장식되어 있었다. 표지 머 리에 '시조시화집'이라고 표시된 것을 보는 순간, 안에 잠자고 있던 어떤 콤플렉스가 소용돌이를 일으키며 내면을 휘돌았 다. 시와 그림을 겸한다는 게 어디 쉬운 일인가. 문인화가 널 리 바람을 타던 시절, 옛 선비 문인들 가운데서도 시와 그림을 겸한 경우는 희소했다.

우공은 그림을 그리고 싶었는데 재질이 미치지 못하는 걸 알고는 접었다. 시를 쓰고 싶었지만 언어에 민감하지 못해 손을 못 대고 까칠한 소설을 쓰고 있는데, 뭐랄까 '강적'을 만났다는 느낌이 들었다. 원고 앞에 붙어 있는 이력을 다시 살펴보고, 사진을 흘금 들여다보기도 했다. 대결할 생각 말고 자신의 나이에 어울리는 방식으로 작품을 읽자는 생각을 하고는 일독을 했다.

출판사에서는 우공의 설명을 듣고 출간을 선선히 응락해주었다. 우공이 자주 거래를 하는 터이기도 하고, 얼마 전에 석영이 책을 내기도 했던 인연이 있었다. 출판사에 가서 자신이 한 일의 경과를 보고할 겸해서, 우공은 석영에게 전화를 했다. 전화를 하는 중에 책의 체재(體裁)를 갖추자면 누군가 해설이나 발문을 써준다면 좋겠다는 이야길 했다. 그런데 그런 제안이 우공 자신의 몫으로 돌아올 줄이야.

"그 발문은 우공이 쓰는 게 어떻겠소?"

말의 형식은 의문이었지만 내용은 명령이었다. 그렇게 해서 우공은 황명륜 시인의 작품을 찬찬히 읽을 계기가 생겼다. 오랜만에 시집 하나를 통독한 셈이었다. 글 쓰는 부담 없이 남의 글을 한유하게 읽자는 게 요즈음 우공의 주장인데, 스스로 자신의 주장을 꺾는 셈이었다. 그러나 달리 생각하면 글 잘 읽었다는 이야길 하자면 어차피 글을 써야 할 듯했다. 남의 글을 읽고 글 쓰는 일은, 결국 다른 인간을 애정을 가지고 깊이 있게 이해하기 위한 도모가 아닐 것인가. 해설이니 평설이니 하는 글 대신, 발문(跋文)이란 이름을 달기로 했다. 공감이 중심이기 때문이었다.

2. 땅에 발을 디디고서

이 시집의 제1부 소제목이 '황악산 단풍'이라는 데에 우공은 아연해했다. 황악산은 예사로운 산이 아니다. 그 이름 때문에 더욱 그러하다. 황악산은 느낌표 없이는 쓰기 어려운 이름이다. 해서 '황악산!'이다. 우리 전통으로 본다면 '황(黃)'은 중앙을 뜻한다. 중국의 절승으로 이름난 황산(黃山)은 황악이라 달리 불러도 상관이 없을 듯하다. 아무튼 이 나라 중앙에 자리 잡은 산이 황악산이다. 시인은 황악산 아래 자리 잡고 시를 쓰면서 그림을 그리는 중에 오고 가는 세월을 지켜보았다. 아니 세월을 잊고자 했다.

그런데 단지 황악산을 가까이서 겪었다는 뜻은 아니다. 시인의 이름이 황악산과 연기(緣起)되어 있는 듯했다. 본명이 황의동이라니까 황명륜은 필명, 예명 혹은 법명인지도 모르겠다. 아무튼 '명륜'은 선미가 가득하다. 월정(月精) 일렁이는 '월인천강'을 생각하게 하기 때문이다. 또한 명륜은 불법의 수레바퀴를 떠올리게 한다. '법륜'은 늘 다시 법계를 향해 수렴된다. 해서 법륜상전어법계(法輪常轉於法界)라 하는 게 아니겠는가.

시방세계를 두루 비추는 밝은 법의 수레바퀴가 대지에 튼튼히 발을 디디고 시를 읊고 그림을 그리면서 운영하는 생애는 생각만 해도 아름다움을 극한 지경이다.

시인이 발 디디고 사는 대지는 황악산으로 표상된다. 김천에 산다는 것은 황악산 그늘에 깃들여 산다는 뜻이기도 하다. 우공은 시인이 황악산을 어떻게 받아들이는가가 궁금했다.

시 텍스트에도 서사성이 들어 있기도 하지만, 시인이 시를 쓰는 과정은 서사적 흐름을 타고 전개된다. 시인은 자신의 형상을 시적 화자로 표상하기도 한다. 그러니까 한 편의 시는 시인이 그 시를 쓰는 과정은 슬그머니 감추고 곁가지 다 제한 정갈한 언어로 다듬어놓은 보석이나 조각품이 아닌가, 우공은 그런 생각을 했다. 시작품을 읽는 일은 시인이 거쳐 가는 서사를 복원하는 일이라고, 우공은 기회가 될 때마다 강조해 마지않았다. 우공은 「황악산」을 쳐들어 읽어보았다.

황악산 가을빛은
금관을 쓴 여인이다

모든 것 다 벗어놓고
물길 따라 가는 세월

그 소리 소리를 먹고
끄덕이며 웃는다.

더불어 사는 세상
나홀로 청산(靑山)인가

소나무 잔가지에
잠이 든 산새 무리

넉넉한 그대 가슴은
뜨거운 숨결이다.

—「황악산」 전문

이 시를 두고 우공이 복원한 서사는 이런 것이다. 어느 해
가을이었다. 세상사를 겨우 벗어나 마음의 평정을 얻었노라
고, 좀 느긋하게 지내자고 마음먹었다. 그런데 마음은 한가운

데로 어우러지지 못하고 늘 엇갈리곤 했다. 한가해지니까 사람이 그리워졌다. 멀리 황악산을 바라보았다. 꼭대기부터 단풍이 물들어 내려오기 시작했다. 황악산은 금관을 쓴 여인처럼 우아한 아우라를 풍기는 것이었다. 세월이 빨리도 흘러 온갖 기억들이 물소리 속에 묻히는 것. 시인은 잠시 자신이 독야청청 살아가려 한다는 생각을 한다. 세상은 어울려 살아야 한다면서도 공연히 혼자 고독을 핑계로 청산인 양 홀로 멀리 떨어져 외돌고 있는 것이다. 산새 소리가 잦아든 걸 보니 어둠이 멀지 않다. 그런데 황악산 산봉우리에 남은 햇살이 급한 호흡, 뜨거운 숨결로 다가온다.

시인은 산과 은밀하게 터놓는 교감을 하고 있다. 단풍이 물들기 시작하는 황악산은 금관을 쓴 여인―어쩌면 선덕여왕쯤일까―으로 시인에게 다가온다. 열적어 가까이 다가가지 못하고 귀를 다른 데로 준다. 계곡 흘러내리는 물소리가 잔잔하다. 그 물소리가 내 안으로 흘러들어와 그렇지, 그렇지 하면서 고개를 주억거리며 혼자 웃는다. 지나온 세월을 헤아려본다. 세월의 흐름이 이렇거니, 세월은 나를 기다려주는 법이 없다. 일월서의 세불아여(日月逝矣 歲不我與) 공자도 그렇게 한탄했거니, 그런 생각을 하는데 문득 황악산이 그 넓은 품으로 뜨거운 숨결을 내뿜으며 다가온다. 시인은 산과 하나가 된다.

집으로 돌아온 시인은, 황악산 산그림자 위로 타오르던 단풍 때문에 마음이 설레어 잠을 제대로 못 이룬다. 밤에는 소나기가 지나갔다. 시인은 아침 햇살 번지를 뜰로 나가 황악산을 바라본다. 어제 금관을 쓴 여인 같던 산봉우리가 불꽃처럼 타오른다. 어찌 보면 몸부림을 하는 것 같기도 하다. 생각해 보면 생애의 황혼인데 가슴에는 열기가 잘잘 타올라 산을 생각하며 잠을 못 이루었다. 아직 살아 있는 사랑의 불씨가 단풍에 촉발되어 기름먹은 가슴인 양 타오른다. 시인은 이틀에 걸쳐 황악산과 교감하면서 합자연하는 체험을 한 것이다. 시인이 디디고 선 땅은 혼혼한 온기로 가득하다. 우공은 「황악산 단풍」을 프린트했다.

황악산 산등에
밤으로 타오른 불꽃

가지 끝 오른 눈빛
뜨거운 몸짓이다

인생도 황혼에 들면
단풍으로 물이 들고.

산과 산 마주 앉아

화답으로 지새는 밤

긴긴 날 묻어둔 연정
기름 먹은 가슴인가

지난밤 소나기에도
타오르는 저 불길.

—「황악산 단풍」 전문

우공은 황명륜 시인이 '황악산의 시인'이라는 생각을 잠시
했다. 산이 명산인 까닭은 그 산에 유서 깊은 정신의 '금전벽
우(金殿碧宇)'가 자리 잡고 있기 때문이다. 민요에도 "강원도
금강산 일만이천봉 팔만구암자 유점사 법당 뒤 칠성단에…"
그런 구절이 나온다. 황악산에는 과연 '직지사'가 있어 명산의
반열에 든다. 1500년 세월을 헤아리는 직지사는 예사로운 절
이 아니다. '불립문자 직지인심 견성성불(不立文字 直指人心 見
性成佛)'이라는 구절에 연기하여 '직지사'란 가람이 이루어졌
다고 전한다. 문자로 풀자면 말이 서질 않느니. 인간 마음으
로 직접 다가가 본성을 발견해야 성불하느니라, 대강 그런 뜻
이다. 헌데 이게 가당키나 한 일인가. 시 또한 그러하여, 부실
한 언어로는 애초부터 까마득히 먼 길이다. 언어가 끊긴 길에

서 언어로 진실을 찾아 나가는 구도행이 시를 쓰는 일이라면, 언어를 벗어나 '직지인심'을 어떻게 할 것인가. 황명륜 시인은 직지사에 기대어 이런 시 「직지사에서」를 내놓고 있다.

> 구름 한 점 걸고 앉은
> 푸른 산 푸른 물길
>
> 세월이 오고 가는 것
> 모두 잊고 살고 있다
>
> 때로는 바람 소리에
> 귀 기울여 살더라.
>
> —「직지사에서」 전문

　어느 날이던가 시인은 자기 자신이 스스로워 직지사를 찾아간다. 마침 날이 좋아 산은 푸르고 물소리 들리는 골짜기 위로 산봉우리에 흰 구름 한 점이 떠 있다. 거기 이르니 자신이 세월 오고 가는 것 모두 잊고 살고 있느라고 다짐을 둔다. 그런데 완벽하게 잊은 게 아니라 바람 소리쯤은 듣기도 하면서 살고 있는 자신을 '고백'한다. 마치 남의 이야기 하듯. 그렇게 되니 직지사와 시인 자신이 하나가 되어 자타의 구분이 모호해진다. 직지사가 나 같기도 하고, 내기 직지사인 듯싶기도 한 그런 경지에 이른다.

우공은 황명륜 시인의 시 가운데 '세월'이란 어휘가 하나의 핵심어라고 생각했다. 그리고 시의 구조가 극적으로 마무리되는 것도 눈의 띄었다. 그 항목은 뒤에 다시 이야기하기로 제쳐두었다. 시인이 어떤 땅을 밟고 살았는지가 궁금했다.

황악산의 자연은 단풍으로 형상화했고, 정신은 '직지사'로 그렸는데, 이 시인은 고향이 어딘가가 궁금해진 것이다.

우공은 석영에게 전화를 했다. 황명륜 시인은 적실한 김천인인데, 고향이 어딘지 아는가 물어보았다. 혹시 황악산에 특별한 인연이 있을까 싶어서였다. 가끔 시인에 대해 궁금한 일들이 시를 이해하는 실마리를 풀어주기도 한다.

"아마 충청도 사람인 걸로 아는데, 부여던가 공주던가…" 대답은 확실하지 않았다. 읽다 보면 어딘가 단서가 있겠지, 하면서 작품을 뒤적여보았다. 우공은「금강」이라는 작품에서, 아 그렇구나, 청바지 무릎을 쳤다. 우공은 일상 청바지를 자주 입는다.

　　　어머님 젖줄을 물고
　　　눈을 뜬 고향이다

소나기에도 뛰지 않는
선비의 옷자락

그 가슴 가슴속으로
맥락을 이었나니.

자네는 알지 않는가
강물이 흐르는 뜻

그 느린 보법을
익혀 배운 사람

세월도 가라앉힌
그 흐름의 자태.

— 「금강」 전문

충청도? 우공은 잠시 멈칫하고 글이 흘러가는 방향을 어림
잡고 있었다. 어머니 젖을 물고 금강 유역 어디선가 태어났다
는 것이다. 그런데 그 땅 사람들이 소나기 맞아도 뛰지 않는
느긋함이 느린 강물의 흐름을 닮은 보법이란다. 금강에서 황
악산 그늘로 달려왔으니 뭔가 달라졌을까. 달라질 까닭이 없
다. 세월도 가라앉힌 그 흐름이기 때문이다. 충청도니 경상도

니 하는 구분이야 편의를 위해 가른 것일 터. 아무튼 이 나라 땅을 구석구석 밟고 다닌 족적이, 그리고 그 나들이마다 시를 엮어내는 노력이, 우공은 자신과 닮았다는 생각을 하면서, 혹시 같은 띠 아닐까 짐짓 짚어보았다. 우공은 무자생 쥐띠였다. 저 그리스의 이솝 같은 양반이야 '시골 쥐와 서울 쥐'를 갈라 성격을 부여하지만, 이제 그런 구분은 무망이다. 쥐의 직성을 타고나면 부지런해야 먹고산다는 데는 대차가 없다. 황명륜 시인은 충청도 기질이 여실해서, 강물의 느린 보법을 익힌 터라, 세월도 가라앉히는 무자생 글벗이라는 생각으로, 우공은 공연히 몸이 가벼워졌다.

3. 나그네 시행(詩行)

무자생 쥐띠인 우공은, 밤새 반자 속에서 덜덜거리며 줄달음치는 쥐처럼 돌아다니길 잘한다. 해서, 여행 중에 시상을 얻은 작품들을 보면 눈까지 반짝인다. 황명륜 시인의 시집 제3부에 모아져 있는 작품들은, 굳이 분류하자면 '여행시'이다. 풍경이, 유적이, 경치가 '기막히게 좋더라.' 한마디로 품평이 끝나는 여행은 싱겁기 짝이 없다. 회계산음 난정(蘭亭)에 그들막하니 모였던 선비들이 술 한 잔에 시 한 수, 일상일영(一觴

一詠) 했듯이, 여행객이 일경일영(一景一詠), 가서 구경한 곳마다 시 한 수 남긴다면 여행은 그것만으로도 본전 빠지는 일이다. 여행객의 정서와 사념이 시로 형상화되어 내면에 안착하기 때문이다. 사실 이건 우공이 석영과 더불어 여행하는 과정에서 애써 실천하는 일이기도 하다. 그래서 우공의 여행은 고단하다. 타지마할에서도 그랬다. 황명륜 시인의 「타지마할」은 이렇게 되어 있다.

　　　무굴국 꽃잎들이
　　　내려앉은 타지마할

　　　사랑의 불길인가
　　　마지막 저 꽃상여

　　　발길이 닿는 곳마다
　　　향기가 묻었다.

　　　긴긴 날 잠 못 이룬
　　　징소리 울음으로

　　　그날의 그 사람들
　　　환생하여 앉은 자리

칠보(七寶)로 다듬은 기둥
묻어나는 핏자욱.

— 「타지마할」 전문

우공은 인도를 두 차례 여행했다. 타지마할을 두 번 볼 기
회가 있었다. 시인이 설명을 달아놓은 것처럼 타지마할은 인
도 무굴제국 황제 샤자한이 왕비 뭄타즈마할이 일찍 죽자, 그
왕비의 영묘로 지은 건물이다. 타지마할은 '찬란한 무덤'이란
뜻이라 한다. 22년 동안 연인원 2만 명을 동원하여 공사를 진
행했다. 국가 재정이 파탄 날 지경에 이르자 공사가 완결된
뒤 10년이 지난 때, 막내아들 아우랑제브가 반란을 일으켜 자
기 부친을 아그라 요새에 있는 무삼만 버즈라는 탑에 가두어
버린다. 샤자한은 8년이나 자기가 지은 요새에 유폐되었다가
굶어죽었단다. 멀리 타지마할의 자태를 바라보면서.

그런데 우공이 기억하는 걸로는, 타지마할이 절품이기 때
문에 더 이상 그와 같은 건물을 못 짓게 하기 위해 공사에 참
여했던 장인들의 손목을 모두 잘라버렸다는 것이다. 이를 시
인은 시인이니까 시 속에 그대로 적어 넣기 어려웠던지 각주
처럼 달아놓았다. 이 시의 미덕은 시인의 시각이 다중화되
어 있다는 점이다. 시인은 사랑의 불꽃으로 빚어진 마지막 꽃

상여에서는 향기를 맡는다. 그러면서 긴긴 날 징소리 울음으로 고통을 견뎌낸 석공들의 울음을 듣기도 하고, 이들이 환생한 환영을 보는 가운데 칠보로 다듬은 기둥에서 핏자국을 보기도 하는 것이다. 우공은 시인의 이 다중시각에 홀딱 반해서 다른 시는 안 읽어도 좋겠다는 생각을 했다.

다만 갠지스강은 다시 기억을 더듬게 한다. 우공이 인도를 여행하는 중에 갠지스강에 꼭 가보고 싶어 했던 까닭은 바라나시에 들러 삶과 죽음이 어떻게 함께 강물로 흘러드는가를 보고 싶어서였다. 시인은 역시 시인답게 "갠지스강에 앉아" 있다.

구름 한 점 내려앉아
물결 속을 가고 있다

때로는 송사리처럼
번득이며 살고 있다

가슴에 묻고 온 세월
녹아내린 갠지스.

저 물결 끝없는 세월
그 소리를 들었는가

한세상 모든 것 벗고
알몸으로 살랍신다

오늘도 한 점의 구름
강물 따라 가고 있다.

—「갠지스에 앉아」 전문

　이 작품을 앞에 두고, 우공은 어떤 기시감, 즉 데자뷔에 빠졌다. "구름 한 점 걸고 앉은/푸른 산 푸른 물길"이라는 구절 때문이다. 직지사 황악산 하늘에 떠 있던 구름이 갠지스강까지 따라온 모양이다. 이 사태를 어떻게 보아야 하는가, 우공은 잠시 혼란스러웠다.

　그 혼란은 화장장 장면을 쓴 다음 시를 보고는 다소 정리가 되었다. 갠지스강 일출을 보기 위해서는 새벽 서너 시부터 서둘러 출발해야 한다. 아마 시인도 그런 일정이었을 것이다. 아침 강물 위로 뜨는 북새는 그야말로 신굿을 연 마당에 참여하여 느끼는 무열(巫悅)처럼 황홀하다. 밤샘의 산고 끝에 떠오르는 태양은 가히 울음이다. 그 자리 옆에 화장터가 있어 '생과 사가 하나'인 것을 일깨우기도 할 터. 그런데 시인의 눈에 비친 화장터는 너무 정화되어 있다. 해탈한 영혼들이 강물이 되어 흐른다면 얼마나 좋겠는가. 우공은 「갠지스 풍경」을 이

자리로 옮겨놓으면서, 제목을 다시 쳐다보았다. 그것은 갠지스강 이야기가 아니라 '풍경'이었다.

　　신(神)굿으로 열어놓은
　　일출의 갠지스강

　　밤샘 산고의 아픔
　　첫 울음의 자리인가

　　생과 사 하나인 것을
　　무언(無言)으로 전한다.

　　견공(犬公)도 두 눈을 감고
　　화두(話頭)를 들었는가

　　오늘도 해탈의 길
　　그들은 밟아 가고

　　화장장 타는 영혼들
　　강물 되어 흐른다.

　　　　　　　　　　　　　　　　—「갠지스 풍경」 전문

그러나 우공이 본 화장장은 황명륜 시인이 본 풍경과는 달랐다. 무질서의 아수라장이었다. 그 아수라장에 가이드와 화목과 메리골드, 그리고 불자리의 위치가 돈으로 거래되었다. 가이드가 이끌고 가서 보여주는 화장장의 현장은 멀고 가까움이 달러 액수로 결정되었다. 화장용 화목은 저승 입구에 놓고 죄의 무게를 다는 저울처럼 커다란 천칭인데, 돈에 따라 화목의 종류와 양이 결정되었다. 있는 사람들은 자작나무 장작을 쓰고, 없는 이들은 공사장 폐목을 쓰기도 했다. 그리고 이들은 주검을 금송화─메리골드로 장식하는데 돈 액수에 따라 꽃의 화려하고 초라함이 결정되었다. 있는 사람의 불자리는 큼직하니 언덕에 위치하고 없는 이들의 불자리는 구석지에 처박혀 초라했다. 우공은 생을 마감한 다음에 얼마짜리 의식으로 이승을 떠날까를 잠시 생각하기도 했다. 시신 타는 냄새가 역하게 코로 비집고 들었다.

　여행은 모험과 깨달음이 동반되어야 높은 가치를 지닌다. 시인이 여행지에서 시 한 편을 얻는 것은 여행의 가치를 높여준다. 고비사막도, 바이칼 호수도, 또 어디 어디, 시인이 가는 곳마다 시인은 여행의 가치를 창출하는 것이었다. 그래서 우공은 본업이 소설이면서도 여행지에서는 시를 쓰곤 한다. 그 시로 인해 우공은 황명륜 시인과 짙은 동지애에 빠지는 것이다.

4. 세월을 건너는 바람

시인은 하나의 어휘로 규정되지 않는 존재라는 게, 우공의
일관된 주장이다. 아니 마땅히 그러해야 한다는, 시인을 하나
의 유파나 이념으로 규정하지 말라는 건 정언명령적 도덕률
이다. 부단히 생성되는 존재라야 한다는 뜻이다. 그럼에도 황
명륜 시인의 시에서는 '세월'이라는 시어가 시집 전체를 휘갑
하는 터라, '세월의 시인'이라고 명명하고 싶어지는 것이다.

세월의 무상함이 어찌 공자만의 감각이겠는가. 박인환의
「세월이 가면」을 비롯해서, 박남수의 시에 김연준이 곡을 붙
인 〈안타까움〉에 이르기까지, 인생을 노래하는 경우 세월 이
야기 않는 시인이 어디 있던가. 그런 점에서 세월은 보편성을
띤 화두 아니겠나, 인간은 시간적 존재인 것, 우공은 그런 생
각을 했다. 그러면서 「바람의 빛깔」이란 작품을 집어들었다.

세월 속 자리 잡은
바람 빛깔

바람의 문신

내 가슴에 빛깔인가

더러는 꽃샘에 몸살
아픈 흔적도 있다..

— 「바람의 빛깔」 부분

바람의 빛깔? 우공은 빙긋이 웃었다. 시의 고수라야 이런
한 구절을 얻을 수 있는 게 아닌가 해서였다. 그런데 그 바람
이 자리 잡은 곳은 '세월 속'이다. 그렇다면 자연스럽게 세월
도 빛깔을 띨 것이 아닌가. 바람은 또 자기 몸에 문신을 새겼
다. 그런데 그게 내 가슴의 빛깔로 전이된다. 돌아보니 꽃샘
(바람)에 몸살을 해서 앓던 흔적도 거기 새겨져 있다. 이렇게
세월을 다양한 형상으로 그리는 일은 간단치 않은 솜씨란 생
각이 드는 것이었다. 우공은 문득 크리스티나 로제티라는 시
인의 「누가 바람을 보았는가」를 떠올렸다. 그 시인이 바람을
보는 것은 단면적이다. "가지에 매달려 흔들리는 이파리들",
"머리 숙여 인사하는 나무들"에서 바람을 볼 뿐이다. 그런데
황명륜 시인의 은유는 복합적, 중층적으로 구사되어 있다. 우
공이 자주 쓰는 용어로는 '공감각적 은유'를 구사하는 셈이었
다. 그러니 세월이 그저 흘러가는 세월이 아니라 바람과 더불
어 색채의 변신을 거듭하는 세월이 된다.

우공은 「목어(木魚)」라는 작품을 하나 뽑아들었다. 거기에도 세월이 자리 잡고 있어서였다.

> 두견새 울 때마다
> 초월(初月)로 걸린 얼굴
>
> 햇살을 쓸어 담아
> 화주(花酒)로나 빚은 세월
>
> 산 밖에 또 산 그림자
> 그 길 내가 거닌다.

— 「목어(木魚)」 부분

하긴 '목어' 그 자체가 은유다. 잘 알려진 것처럼, 목어는 범종, 법고, 운판과 더불어 불가사물(佛家四物) 가운데 하나다. 수중생물들의 영혼이 저승으로 천도하길 기원하는 데 쓰는 도구다. 겉은 화려하게 채색되었으되 속은 훑어내어 '속없이' 밤새 눈 뜨고 법을 지키는 물고기가 되었다. 그 모양이 초승달 닮았는데, 두견새 울음이 거기 담기기도 한다. 햇살을 쓸어 담아 세월을 빚으면 그게 '꽃술-화주(花酒)'처럼 알알하고 황홀하게 번져온다. 시인은 목어 두드리는 소리를 들으며 멀리 눈길을 준다. 그리고 천천히 거닌다. 멀리 산 그림자가 지고 그 밖으로 또 산 그림자가 어린다. 그 속을 거니는 시인은 화주에 취해 월인의 강물에 유영하는 것이 아닌가.

우공은 "산 밖에 또 산 그림자"라면 그게 청산일 터인데 하면서, 「청산」이란 작품을 쳐들어 보았다.

묻어둔 솔씨 하나
청산으로 눈을 뜨고

내 고향 그 동구(洞口)쯤
펼쳐놓은 수묵화

한세월 묵묵히 앉아
인적이나 헤아렸다.

　　　　　　　　　　　　　—「청산」 전문

조짐이 예사롭지 않다, 그런 느낌으로 우공은 석영에게 전화를 했다.

"이 양반 몸이 어디 불편한 데 있답니까?"

우공의 질문에 석영은 좀 망설이는 눈치더니 이런 대답을 했다.

"그 나이 되면 누구나 겪는, 그런 미약한 징후가 있었던 모양입니다."

그게 구체적으로 무언가를 우공은 묻지 않았다. 묵묵히 앉아 인적이나 헤아린 '한 세월'의 끝자락을 구태여 확인할 필요가 어디 있는가 해서였다. 당신의 고향 동구쯤에 펼쳐놓은 수묵화가 궁금했고, 묻어둔 솔씨 하나가 청산으로 눈을 뜬다는 그 소망이 어떤 것이었는지가 궁금할 뿐이었다.

황명륜 시인이 더불어 세월을 건너는 방법에 예술적 감각이 놓여 있을 거라는 기대로, 우공은 부풀어 오르기 시작했다. 해서 그의 그림들을 다시 더터보았다. 애용하는 시어라도, 속된 말로, 조자룡이 헌창 쓰듯하면 안 된다는 한 마디를 꼭 해야 하나, 그런 의문을 되씹으면서였다.

5. 그림과 시 사이 – 예술의 형식

사실 우공은 황명륜 시인이 '시조시인'이라는 점을 크게 드러내지 않고 이야기를 전개해왔다. 시조(時調)라면 민족문학의 고유한 형식으로 상찬되어왔다. 그러나 문학사의 전개에 따라 부침이 있었던 것은 사실이다. 시조는 크게 보면 서정 장르고 따라서 '시'이다. 하위장르를 강조할 때는 '시조'이고, 황명륜 시조시인의 작품은 시조 가운데도 '현대시조'에 해당한다.

모르는 거 그냥 놔두고 못 견디는 우공은, 석영에게 물었다. 황명륜 선생이 누구 추천으로 등단을 했는가 하는 물음이었다.

"글쎄, 여기 김천은 백수 정완영 선생의 영향으로 시조문학의 한 맥을 형성하고 있기는 한데……."

황명륜 시인이 구체적으로 백수 선생과 어떤 관계를 가졌고, 어떤 영향을 받았는지는 더 묻지 않았다. 문학의 영향이라는 게 훈습(薰習)을 통해서도, 사사(師事)를 통해서도 이루어지는 것, 그 물에서 살면 물이 드는 법이라 구체적 증거를 들라 하기는 어려운 문제 아닌가 싶었다.

우공은 '오늘'이라는 말을 중히 여기는 편이다. 그래서 글을 쓰면서 오늘이 며칠이라는 걸 본문에 적어 넣기를 잘한다. 오늘이 2020년 8월 8일, 우공이 기거하는 충주 앙성 상림원(桑林苑)은 폭우 속에 뒤눕는 중이었다. 비가 개면 김장배추도 심어야 할 터. 그러고 보니 어제가 입추, 여름 다 간 듯 허전하다. 비가 잠시 멎자 어디선가 매미 소리가 가늘게 들려온다.

문득 정완영 선생의 「여름도 떠나고 말면」이라는 시조가 떠올랐다. 우공은 『시암의 봄』이라는 시집을 빼들었다.

　　번개 천둥 비바람도 한 철 잔치마당인데
　　잔치 끝난 뒷마당이 저욱 적막하다는데

여름도 떠나고 말면 쓸쓸해서 나 어쩔꼬

무더운 여름 한 철 나를 그리 보챘지만
그 여름 낙마(落馬)하고 텅 비워둔 하늘 아래
푸른 산 외로이 서면 허전해서 나 어쩔꼬
　　　　　　　　— 정완영,「여름도 떠나고 말면」전문

　일반 시 형식으로 보자면 두 연을 한 작품으로 묶었고, 시
조로 보자면 두 연으로 한 작품을 삼은 연시조이다. 황명륜
시인은 많은 작품이 단시조 두 수를 하나로 묶은 연시조 형식
을 즐겨 채택한다. 그런데 정격시조의 한 행을 둘로 갈라 이
미지를 선명하게 부각한다. 구조적 긴장을 이루는 것도 시행
을 갈라 쓰는 데서 가능해진다. 시조 형식을 의식하고 읽지
않으면 12행 정형성을 띤 시처럼 보인다. 우공은 시집 원고를
뒤져「풍악(楓嶽)」이란 작품을 책상머리에 내놓았다. 작품을
들여다보다가, 이런 호쾌한 시조도 있는가, 우공은 감탄을 내
뱉었다. 가곡으로 만들어져 많은 이들이 애호하는『그리운 금
강산』과는 사뭇 달랐다. 한상억 시인은 금강산을 "누구의 주
재(主宰)런가 맑고 고운 산…"으로 그린다. 황명륜 시인은 다
르다. 금강산을 천하의 도적으로 둔갑을 시켜놓고 있는 게 아
닌가. 우공은 그런 파격이 화가의 시각으로라야 가능하다는

생각을 했다.

　화가의 시각을 이야기할까 하다가, 우공은 머리를 흔들었다. 시조의 형식을 이야기해야 할 자리이기 대문이었다. 배워서 잘 알고 있는 것처럼 고전시조는 평시조, 엇시조, 사설시조, 세 형식이 있고, 단형시조를 중첩시켜 한 작품을 이루게 한 연시조가 있다. 단형시조로는 시상을 충분히 전개하기 어려울 때 연시조를 시도하게 된다. 윤선도의 「오우가」나 「어부사시사」 같은 것이 연시조의 한 예가 될 것이다. 황명륜 시인은 단시조와 두 연으로 된 연시조만 시집에 싣기로 작정한 듯하다. 길게 늘이지 않겠다는 의도로 짐작이 되었다. 우공은 시형식의 간결성에 대해 몇 가지 생각을 가다듬었다.

　앞에서 황명륜 시인의 복합적 시각에 홀딱 반했다는 식으로 얘기했던 걸 바꾸어야 하나, 우공은 머리를 저었다. 그런 면도 있고 다른 면도 있지 않겠나 싶어서였다. 시/시조는 언어예술이다. 그런데 시의 본연은 언어의 본질을 배반하는 데 있다. 언어기호로 예술작품을 만들겠다는 시도는 백척간두에서 진일보를 하명받은 구도자의 처지와 다를 바가 없다. 말로 하되 말을 줄여야 한다. 말을 줄이되 할 말은 해야 한다는 모순 상황에 빠지게 된다. 시의 형식은 말을 최소한으로 줄여할 이야기 다 하자는 예술의지에서 빚어져 나온다. 그러자면 무시간적 순간의 포착이 가능해야 한다.

우공은 「풍악」을 예로 들어 설명하고 싶어 했다. 풍악은 세상을 뒤엎을 만한 대도(大盜)의 풍모다, 우공은 이 작품의 내용을 그렇게 정리했다. 시인은 세상을 뒤엎을 만한 예를 생각한다. 불과 칼로, 육조 혜능(六祖 慧能) 같은 높은 선사와, 그가 이념의 꼭대기에 두는 수미산까지 부술 만한 위용이다. 그것으로는 실감이 부족하다. 시인은 불칼과 천둥을 대도의 웃음소리로 전화하여 대상을 다시 바라본다. 장자에 "성인이 죽지 않으면 큰 도적이 그치지 않는다(聖人不死 大盜不止)." 라는 말이 있다. 이 말이 참이라면 성인이라는 허위적 인간들이 횡행하기 때문에 도둑이 세상을 뒤엎으려 한다는 말이 된다. 불교적인 개벽과 도교적인 개벽을 풍악이라는 대상에 속성부여를 한 셈이다. 공자가 만났던 도척(盜跖)의 이미지를 환기한다. 최소한 이런 논리를 전개하기 위해서는 단시조로는 언어가 미치지 않는다. 간단히 말하자면 내용이 형식을 낳는다.

그런데 우공이 좀 아쉽게 생각하는 것은, 시인이 단시조와 두 연으로 된 연시조 범위에 자신을 한정하고 있다는 점이다.

불칼과 천둥으로
해와 달 때려 부수고

서역(西域)에 숨어 있는
육조(六祖)쯤도 때려 부수고

수미산 그것도 부술
일봉(一棒)을 보아라.

천지(天地)가 뒤집혀진
그런 일 말고라도

이 세상 다 털어먹은
도둑의 웃음소리

그런 칼 하나쯤 가진
대도(大盜)를 보아라.

　　　　　　　　　　　　　　—「풍악(楓嶽)」 전문

　인간은 어떤 사물을 차원으로 나누어 파악한다. 길은 1차
원이다, 선이 그렇듯이. 마당은 2차원이다. 우리는 마당을 넓
이로 잰다. 산은 3차원이다. 2차원의 바닥에 높이가 더해지기
때문이다. 그런데 우리 현실은 3차원 공간에 시간이라는 한
차원이 더해진다. 시간은 운동을 뜻하기도 한다. 그림은 3차
원과 4차원의 현실을 2차원의 평면으로 전환하는 작업이다.

그림은 2차원이기 때문에 뒷면이, 깊이가 없다. 하물며 언어의 의미는 그림에 실을 수 없는 미적 질료이다. 그림을 본다는 것은 2차원 평면을 3차원 공간으로 전환하는 일이다.

우공은 여기까지 생각을 펼치다가, 아서라 원론이야 누가 모르겠는가, 작품을 예로 들자 하고는 「묵란」이란 작품 두 편을 골라들었다.

담향(淡香)으로 가라앉힌
일월(日月)의 그 영역

기원(祈願)의 몸짓이듯
고이 앉으신 모습

눈 뜨면 아침 햇살로
번지는 저 소리.

어느 땅 어느 골에서
살다 온 숨결인가

가는 선 줄기를 타고
올라앉은 꽃 하나

때맞춰 찾아온 봄날
아지랑이 놉니다.

—「묵란(墨蘭) 1」 전문

어릴 적 우리 가슴에
번쩍이던 북두칠성

그 별빛 가라앉은
샘물로 먹을 갈아

한 폭의 난초를 치고
밝은 꽃눈을 놓는다.

영롱한 별빛으로
난꽃은 눈을 뜨고

수묵의 그 깊은 하늘
숨결들이 모여들어

한 장의 백지 위에서
묵향(墨香) 그윽 들린다.

—「묵란(墨蘭) 2」 전문

난을 치는 것은 시간을 칼질하는 일이다. 그것은 논리도 아니고 감성도 아니다. 오로지 예의 감각에 의존할 뿐이다. 단한 번에 완성되는 일을 두고 사람들은 예의 감각이라 한다. '예(藝)'란 예술 저편, 예술 이편 어느 공간에 존재하는 섬광과 같은 것이라서 형상을 얻기가 대단히 어렵다. 더구나 의미를 부여하기는 그야말로 난망이다. 그래서 시인은 향기, 햇살, 아지랑이 같은 것을 병치해간다.(「묵란 1」)

「묵란 2」는 또 어떠한가. 시인이 난을 친다. 기억 속의 별이 가라앉은 샘물, 그 샘물로 먹을 간다. 난을 치고 꽃눈을 그린다. 난꽃에 하늘이 감응하고 백지 위에 '묵향을 듣는' 이 경지, 우공은 이따금 쓰는 시에 말이 길어지는 것은 어떤 행위에 수많은 맥락을 결구(結構)해야 직성이 풀리는 산문 기질 때문이라고 생각했다. 사물의 본질은 맥락 없는 허구의 공간에 자리를 튼다. 그 본질을 드러내고자 하는 의지는 언어로써 언어를 지우는 역설에 자리 잡는다. 우공은 앞에 말한 명제를 거꾸로 세운다. '형식이 내용을 창조한다.'

황명륜 시인이 그린 그림들은 위에 설명한 논리에 뿌리를 대고 있다. '묵란' 한 폭의 가격은 봄날 아지랑이 한 자락이 될 수도 있고, 북두칠성을 다 쓸어 담아도 계산이 안 되기도 한다. 말로써 말을 지우다가 궁극적으로 도달하는 그 지점, 그

198

예의 촉수 끝에 단시조가 자리를 잡는다.

이런 어지러운 이야기를 하다보면, 우공은 갈증을 느낀다. 주방에 가서 커다란 유리잔에다가 물을 받아온다. 그리고는 그게 막걸리인 양 벌컥벌컥 마신다. 식도로 들어간 물이 폭포가 되어 위장 안으로 떨어지는 모양이다. 속이 시원하다. 우공은 문득 '나이아가라 폭포'를 생각한다.

> 한세상 살다 보면
> 더러는 미치는가
>
> 밤새워 마신 주기(酒氣)
> 풀어헤친 머리카락
>
> 벼락 맞은 물기둥이
> 가슴으로 쏟아진다.
>
> ──「나이아가라 폭포」전문

이건 유머다! 우공은 황명륜 시인에게 뭔가 들키고 있다는 느낌으로 안절부절이었다. 그래, 글을 오래 쓰다 보면 더러는 미치기도 하겠지. 밤새워 글을 읽고 새벽까지 찬물 퍼마시도록 몸을 혹사하는 당신, 정신에 벼락을 맞은 물기둥 되어 가슴으로 쏟아진다는 그 나이아가라 폭포, 우공은 코로나 지나면 나이아가라 폭포는 꼭 가봐야 하겠다고, 달력을 넘겨보다가 도로 놓고 말았다. 미국 코로나 확진자가 5백만 명에 달하고 사망률이… 우공은 자기도 모르게 한숨을 내쉬었다. 창이 번하게 밝아오고 있었다.

멀리 닭 우는 소리도 들리고, 동네 이장네 개가 새벽을 짖는다.

6. 사신−마무리를 대신하여

글이 쓸데없이 길어졌습니다. 소설가한테 시 이야기를 해보라 한 석영의 요청, 아니 그 요청을 덥석 받아들인 우공의 수락이 잘못의 단초일 것입니다. 그러나 다시 생각해보면 얼마나 느꺼운 일인지 모르겠습니다. 동갑내기 시인을 늦게나마 만났기 때문입니다.

시조라는 간결한 시 형식 가운에 사물의 본질을 포착해낸 황명륜 시인을 만날 수 있었던 것은 여러모로 고마운 일이었습니다. 거기다가 그림 솜씨가 뛰어난 화가라는 것을 알고는 부럽기 짝이 없었습니다. 다른 그림들은 석영이 파일로 보내주어 대강 보았습니다. 원고 앞머리에 붙어 있던 그림은 아마 〈의상대 일출〉일 걸로 생각합니다.

이런 제안을 합니다. 내가 석영과 황명륜 시인을 대동하고 동해 바닷가에 가면 어떨까, 그런 제안입니다. 황명륜 시인이 그린 '게'를 안주해서 한잔해야 하지 않겠습니까? 문득 김홍도의 〈해탐노화도(蟹貪蘆花圖)〉가 생각납니다. 게는 바닷속 용왕 앞에서도 옆으로 걷는다고 화제에 써놓았습니다. 시인께서 걸어온 '세월' 또한 일상인에게는 삐딱하게 걷는 게걸음, 횡행(橫行)으로 보일지 모릅니다.

앞만 보고 질주하다가 절벽에 이르러 당황해보니, 생애 끝장에 와 있는 현대인들에게, 예술가의 삐딱걸음은 여유와 멋으로 보일지도 모릅니다. 하기사 그런 멋 없어서야 어찌 시를 짓고 그림을 그리겠습니까?

건강한 가운데, 난을 치고 청산을 읊는 나날이 향기롭기를 빕니다.

2020년 8월 10일 새벽 충주 상림원에서
우공(于空) 우한용(禹漢鎔) 드림

저자 황명륜 黃明輪

본명 황의동. 동국대학교 행정대학원(교육행정 전공)을 졸업하였다. 1977년 『시문학』 천료로 작품 활동을 시작하였다.

한국문인협회 회원, 국제PEN클럽 회원, 대한민국 정수대전 초대 작가, 한국문인협회 김천지부장(1989~1993), 한국예총 김천지부장(1993~2005), 한국예총 경상북도지회 부회장(1994~1998), 현재는 한국예총 김천지부 고문으로 있다.

저서로는 시화집 『백지 위에 꽃눈을 놓고』, 시집 『공지에 서서』, 수필집 『길을 묻는 사람』, 『목어의 울음』 『동행인의 어떤 날』(공저) 등이 있다.

한국예총 예술문화상 대상(2005. 12), 제1회 김천문화상(문화예술부문)(1996. 12), 예술문화 공로상/한국문화예술총연합회(1993. 10), 매일미술대전 한국화 부문 최우수상, 〈12월의 산촌〉(1994. 4), 동아미술제 한국화 부문 특선, 〈산촌〉(1994. 4), 대한민국 미술대전 입선, 〈만추〉(1986. 11), 대한민국 미술대전 입선, 〈추명〉(1983. 10) 등을 수상했다.

추풍령을 넘으며

초판 1쇄 인쇄 · 2020년 10월 5일
초판 1쇄 발행 · 2020년 10월 10일

지은이 · 황명륜
펴낸이 · 한봉숙
펴낸곳 · 푸른사상사

편집 · 지순이 | 교정 · 김수란
등록 · 1999년 7월 8일 제2−2876호
주소 · 경기도 파주시 회동길 337−16(서패동 470−6)
대표전화 · 031) 955−9111(2) | 팩시밀리 · 031) 955−9114
이메일 · prun21c@hanmail.net
홈페이지 · http://www.prun21c.com

ISBN 979−11−308−1708−8   03810

값 17,000원

추풍령을 넘으며

황명륜 시조시화집